AF392974

Fichel. (E   1868 . Février - 24

TABLEAUX

MODERNES

DONT

21 par E. FICHEL

EXPOSITION

Le Dimanche 23 Février 1868

VENTE

Le Lundi 24 Février 1868

à deux heures et demie précises.

Mᵉ **CHARLES PILLET,**
COMMISSAIRE-PRISEUR

M. **FRANCIS PETIT,**
EXPERT

1868

CATALOGUE

D'UNE COLLECTION

de

TABLEAUX

MODERNES

DONT

21 par E. FICHEL

VENTE HOTEL DROUOT, Salle N° 3

Le Lundi 24 Février 1868

A DEUX HEURES ET DEMIE.

Par le ministère de Mᵉ **Charles PILLET**, Commissaire-Priseur.
11, rue de Choiseul,

Assisté de M. **Francis PETIT**, Expert, 7, rue Saint-Georges.

Chez lesquels se distribue le Catalogue.

EXPOSITION PUBLIQUE

Le Dimanche 23 Février 1868, de une heure à cinq heures.

D 5419

CONDITIONS DE LA VENTE

Elle sera faite au comptant.

Les adjudicataires payeront *cinq pour cent* en sus des enchères.

---

91. — Paris. Imp. de PILLET fils aîné, rue des Grands-Augustins, 5.

DÉSIGNATION DES TABLEAUX

Par E. FICHEL

---

1 — Ouvrez au nom du Roi.

Un officier muni d'une lettre de cachet vient frapper à la porte d'un hôtel de riche apparence; les hallebardiers qui l'accompagnent sont groupés à quelques pas de lui et attendent.

Salon 1867.

Haut., 36 cent.; larg., 48 cent.

2 — L'Atelier de Joseph Vernet. (1740)

Joseph Vernet jouissait à Rome d'une grande considération; son atelier était très-fréquenté par les grands personnages et les artistes. — Pergolese, Solimène, Panini et Locatelli en étaient les commensaux ordinaires. — C'est un jour de visite; les uns causent avec lui de l'œuvre qu'il termine, les autres, dispersés dans l'atelier, examinent avec soin les divers travaux du maître.

Haut., 37 cent.; larg., 46 cent.

3 — Une salle de Bibliothèque.

Grimm et d'Alembert se rencontrent à la bibliothèque au milieu d'un grand nombre de savants qui, réunis autour d'une table, travaillent ou devisent entre eux.

Haut., 37 cent.; larg., 46 cent.

4 — L'arrivée du Colporteur.

C'est un personnage d'une certaine importance; il entre dans une salle d'auberge déjà pleine. — Chacun s'empresse autour de lui; un garçon le débarrasse de son ballot; l'aubergiste, la serviette à la main, semble attendre ses ordres.

Haut., 32 cent.; larg., 40 cent.

5 — Les Nouvelles.

Un colporteur vient d'arriver dans une auberge; il est assis, sa balle près de lui; il lit la gazette à l'aubergiste et à divers personnages attablés; un garçon sortant de la cave apporte un panier de vin.

Salon 1866.

Haut., 33 cent.; larg., 41 cent.

6 — Le Général Bonaparte.

Après le ix thermidor (27 juillet 1794). Bonaparte, ayant refusé le commandement d'une brigade d'infanterie à l'armée de Vendée, que lui offrait Aubry, directeur des affaires étrangères, donna sa démission et vint habiter à Paris un logement des plus modestes; il se livra entièrement à l'étude et se trouva bientôt en proie à la gène la plus cruelle.

Haut., 28 cent.; larg., 21 cent.

7 — Le Messager.

Un cavalier debout, l'épée et le chapeau à la main, vient
de remettre un message à une jeune femme; elle est assise,
vêtue de blanc, et paraît entièrement absorbée par la vue
d'un medaillon qui vient de lui être apporté.

Haut., 33 cent.; larg., 24 cent.

8 — Adrien Brauwer dans son Atelier.

Haut., 27 cent.; larg., 21 cent.

9 — Chez l'orfèvre.

Haut., 23 cent.; larg., 18 cent.

10 — Le coup du Départ.

Haut., 27 cent.; larg., 21 cent.

11 — La partie de cartes.

Haut., 26 cent.; larg., 21 cent.

12 — Soldats ivres.

Haut., 27 cent.; larg., 21 cent.

13 — L'étude.

> Haut., 15 cent.; larg., 12 cent.

14 — Atelier de Peinture.

> Haut,, 21 cent.; larg., 26 cent.

15 — La Lecture.

> Haut., 16 cent.; larg., 11 cent.

16 — La Marguerite.

> Haut., 21 cent.; larg., 16 cent.

17 — Fumeur.

> Haut.. 15 cent.; larg., 12 cent.

18 — Liseur.

> Haut., 15 cent.; larg., 12 cent.

19 — Un amateur de Curiosités.

> Haut., 15 cent.; larg., 12 cent.

20 — Un amateur de Tableaux.

Haut., 15 cent.; larg., 12 cent.

21 — Un Peintre.

Haut., 15 cent.; larg., 12 cent.

DÉSIGNATION DES TABLEAUX

Par divers Artistes

COROT

22 — Paysage italien.

Haut., 28 cent.; larg., 44 cent.

DIAZ

23 — Bouquet d'arbres au bord d'une mare.

Haut., 21 cent.; larg., 27 cent.

DIAZ

24 — Un Kiosque turc.

Haut., 24 cent.; larg., 35 cent.

JONGKIND

25 — L'entrée du port de Rotterdam.

Haut., 27 cent. ; larg., 22 cent.

JACQUE

26 — Paysan fauchant.

Haut., 42 cent.; larg., 56 cent.

JONGKIND

27 — Petit port à marée basse. Effet de Lune.

Haut., 27 cent.; larg., 40 cent.

LAMBINET

28 — L'Etang.

Haut., 28 cent.; larg., 41 cent.

LAMBINET

29 — Bords de la Seine.

Haut., 23 cent.; larg., 34 cent.

RICHET

30 — Paysage de la forêt de Fontainebleau.

Haut., 33 cent.; larg., 44 cent.

SCHENCK

31 — Chevreuil aux écoutes, le soir, par un temps
de neige.

Haut., 27 cent.; larg., 49 cent.

TROYON

32 — Charrue attelée de deux bœufs et de deux
chevaux.

Haut., 25 cent.; larg., 36 cent.

TROYON

33 — Vaches au pâturage.

Haut., 21 cent.; larg., 32 cent.

TROYON

34 — Rivage aux environs de Trouville.

Haut., 25 ceut.; larg., 39 cent.

TROYON

35 — Effet de soleil couchant. Etude.

Haut., 18 cent.; larg., 23 cent.

www.ingramcontent.com/pod-product-compliance
Lightning Source LLC
Chambersburg PA
CBHW070719160726
47998CB00025BA/1426